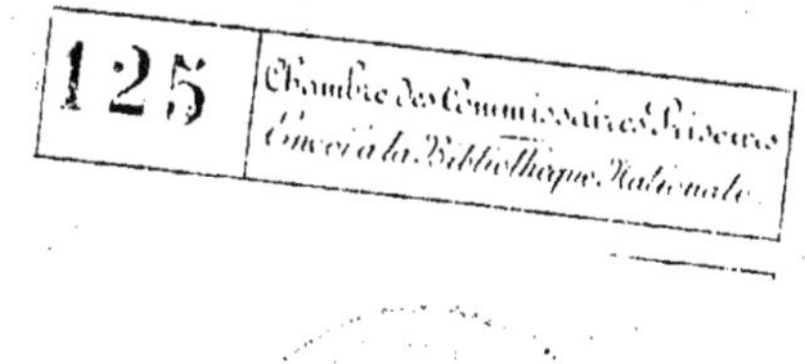

VENTE
Des Lundi 25 et Mardi 26 Avril 1910
HOTEL DROUOT, SALLE N° 1
A DEUX HEURES

EXPOSITION PUBLIQUE
Le Dimanche 24 Avril 1910
DE 2 HEURES A 6 HEURES

SUCCESSION DE M. GERSON

Riche Mobilier Moderne

TABLEAUX

OBJETS D'ART

COMMISSAIRE-PRISEUR
Me F. LAIR-DUBREUIL
EXPERTS
MM. PAULME & B. LASQUIN Fils

CATALOGUE

D'UN

RICHE MOBILIER MODERNE

Salon, Salle à manger, Chambre à coucher, Cabinet de travail
et Cabinet de toilette, Piano droit d'Erard, etc.

AMEUBLEMENT DE SALON EN TAPISSERIE D'AUBUSSON

Bronzes d'Art et d'Ameublement

BUSTES, STATUETTES, GROUPES, LUSTRES, PENDULES

BELLE GARNITURE DE CHEMINÉE

Fers, Cuivres, Émaux cloisonnés

FAIENCES ET PORCELAINES, OBJETS DE VITRINE

TABLEAUX, DESSINS, PASTELS

par ou d'après

AMOROS, BOUTET, DAUVERGNE, DEFAUX, DOUZETTE, ELSHOLTZ, EVERS, FEDDERG, HUBNER, KERNE, LUTTEROTH, MOUTTE, STEINLEN, D'UNKER, WERNER, ETC.

BIJOUX, ARMES, LIVRES, TENTURES, TAPIS

Dépendant de la succession de M. GERSON

Et dont la VENTE AUX ENCHÈRES PUBLIQUES APRÈS DÉCÈS

AURA LIEU

HOTEL DROUOT, SALLE N° 1

Les Lundi 25 et Mardi 26 Avril 1910

A DEUX HEURES

COMMISSAIRE-PRISEUR	EXPERTS
Me F. LAIR-DUBREUIL	MM. PAULME et B. LASQUIN Fils
6, rue Favart	10, rue Chauchat | 11, rue Grange-Batelière

EXPOSITION PUBLIQUE

Le Dimanche 24 Avril 1910, de 2 heures à 6 heures

CONDITIONS DE LA VENTE

Elle sera faite au comptant.

Les adjudicataires paieront *dix pour cent* en sus des enchères.

L'exposition mettant le public à même de se rendre compte de l'état et de la nature des objets, aucune réclamation ne sera admise une fois l'adjudication prononcée.

Paris. — Imp. de l'Art, Ch. Berger, 41, rue de la Victoire

DÉSIGNATION

TABLEAUX

DESSINS, PASTELS

AMOROS

1 — Sujet espagnol : *La Lecture du conte.*
Panneau. Signé.

BOUTET (Henri)

2 — *Jeune Femme mettant son corset.*
Pastel. Signé.

DAUVERGNE (Emilie)

3 — *Volupté.*
Pastel. Signé.

DEFAUX (A.)

4 — *Sous bois.*
Toile. Signée.

DOUZETTE (L.)

5 — *Les Petits Pêcheurs, près d'une vanne, dans une prairie. — Effet de lune.*

Panneaux. Signés.
Deux pendants.

ÉCOLE MODERNE

6 *Chute d'eau.*

Toile.

ÉCOLE MODERNE

7 — *La Femme aux bas noirs.*

Pastel.

ELSHOLTZ

8 — *Charge de cuirassiers.*

Toile. Signée.

EVERS

9 — *La Jeune Ménagère.*

Panneau. Signé.

FEDDERG

10 — *Le Petit pont de bois.*

Toile.

HUBNER (Carl)

11 — *Au Cimetière.*

Toile.

INCONNU

12 — *Portrait d'Homme et de Femme.*

Toile.

KERN (H.)

13-14 — *Joueur de flûte. — Bohémienne.*

Toiles. Signées et datées.
Deux pendants.

LUTTEROTH (ASCAU)

15 — *Paysage maritime.*

Toile.

MOUTTE (ALPHONSE)

16 — *Femme nue sur une peau d'ours.*

Toile. Signée.

STEINLEN

17 — *Les Chats noirs.*

Dessin.

UNKER (C. D')

18 — *Le Speach.*

Toile. Signée et datée : *1857.*

WERNER (F.)

19 — *L'Amateur de tableaux.*

Toile.

20 — *Portrait d'Indou.*

Toile.

FAIENCES, PORCELAINES

GRÈS

21 — Environ douze assiettes, plats ou vases, en faïence ou porcelaines modernes.

22 — Dix plaques, une fontaine couverte avec son bassin, un plat, en faïences modernes de Delft, Italie. Genre Rouen.

23 — Paire de cornets en faïence côtelée.

24 — Buste d'homme en faïence.

25 — Huit chiens en porcelaine décorée.

26 — Seau en faïence de Satzuma.

27 — Paire de pots couverts en poterie de Satzuma et une petite potiche en porcelaine du Japon, décor polychrome.

28 — Paire de petites bouteilles à long col en faïence de Satzuma.

29 — Paire de vases en faïence de Satzuma, de forme hexagonale.

30 — Paire de vases en faïence de Satzuma.

31 — Vase en faïence de Satzuma.

32 — Deux plats en porcelaine du Japon, décor à réserves.

33 — Environ treize assiettes ou plats en porcelaine de Chine ou Japon.

34 — Quatre grands plats en porcelaine du Japon, décor polychrome.

35 — Paire de potiches couvertes en porcelaine du Japon, décor en bleu, rouge et or.

36 — Paire de vases en porcelaine de Canton, décor à personnages et zones réservées en biscuit noir.

37 — Paire de lampes en porcelaine simulant l'émail cloisonné, monture en bronze, de style chinois.

38 — Onze cruches en grès.

39 — Deux statuettes d'amour musicien et d'amour guerrier.

40 – Les Petits voleurs de fruits. Groupe en porcelaine décorée.

41 — Paire de petits groupes de danseurs, avec consoles supports-appliques, en porcelaine décorée.

42 — Groupe en porcelaine décorée : Femme et amours, symbolisant l'Histoire.

43 — Statuette d'amour en porcelaine de Saxe, devise : « Un me suffit. »

44 — Le Galant jardinier. Groupe en porcelaine de Saxe.

45 — Groupe en porcelaine de Saxe : Jeune femme enchaînant l'Amour.

46 — Groupe en porcelaine de Saxe : composition allégorique à cinq personnages.

47 — Groupe en porcelaine de Saxe : la Toilette de Diane.

48 — Groupe en porcelaine de Saxe : Faune charmant une femme.

49 — Deux grandes statuettes : Jardinier et Jardinière, en porcelaine de Saxe.

50 — Important groupe allégorique en porcelaine de Saxe.

51 — Groupe galant, près d'un arbre, en porcelaine de Saxe.

52 — Grand groupe en porcelaine de Saxe : le Char du Soleil.

53 — L'Enlèvement d'Europe. Groupe en porcelaine de Saxe.

54 — Jeune femme et Amour. Groupe en biscuit.

55 — Deux vases à fleurs en céramique.

BRONZES

D'ART ET D'AMEUBLEMENT

PENDULES, APPAREILS D'ÉCLAIRAGE

BRONZES JAPONAIS ET CHINOIS

56 — Garniture de cheminée en bronze ciselé, doré et patiné, comprenant une pendule avec figures symbolisant la Science et la Poésie, et deux candélabres à figurines d'enfants debout portant un bouquet à quatre lumières. Style Louis XVI.

57 — Petite pendule en marbre rouge, mouvement sphérique surmonté d'une statuette de femme : la Nuit, par Dorval. *Édition E. Jullien.*

58 — Pendule en marbre noir, et sujet : Cavaliers combattant, en bronze.

59 — Cartel d'applique en bronze.

60 — Paire de bras-appliques à six lumières en bronze doré. Style Louis XIV. Disposées pour l'électricité.

61 — Paire d'appliques à deux lumières en bronze doré et patiné. Style Régence.

62 — Amour tenant une lumière. Statuette en composition.

63 — Suspension de salle à manger en cuivre. Style Louis XV. Disposée pour la lumière électrique.

64 — Lustre, formé de branches de marronniers, en bronze. Disposé pour l'électricité.

65 — Lustre, formant veilleuse, en cuivre et verre rouge. Disposé pour l'électricité.

66 — Lustre en bronze ciselé et doré, de style Louis XIV. Disposé pour l'éclairage électrique.

67 — Lustre en bronze, garni de cristaux. Disposé pour l'éclairage électrique.

68 — Lampe montée sur colonnette en marbre rouge, chapiteau et base en bronze.

69 — Lampe en fer forgé. Disposée pour l'électricité.

70 — Lanterne d'antichambre en fer forgé.

71 — Veilleuse en cuivre, soutenue par un serpent.

72 — Deux lampes en bronze : bas-reliefs d'après l'antique.

73 — Paire de chenets en cuivre.

74 — Garniture de foyer en cuivre.

75 — Paire de candélabres en bronze patiné, à huit lumières.

76 — La Rieuse. Buste en bronze, de B. Carpeaux.

77 — Coupe en bronze partiellement argenté, à quatre pieds griffons ailés. Tête de Méduse dans le fond.

78 — Grande coupe en bronze à deux anses, de style chinois.

79 — Paire de coupes couvertes, supportées par deux femmes, en bronze partiellement argenté.

80 — Petite jardinière en bronze patiné, avec enfants en ronde bosse, en bronze doré, de *H. Saint-Larche.* Louchet, *ciseleur.*

81 — Vide-poche en marbre, avec statuette de jeune femme.

82 — Haut relief : profil médaille, de femme casquée, en bronze doré. *Édition E. Jullien.* Sur fond de marbre onyx.

83 — Allume-cigare et un pot à tabac en bronze patiné.

84 — Colonne en marbre de couleur, chapiteaux et base en bronze.

85 — Le Charmeur. Statuette en bronze. Monogramme : *F. C.*

86 — Statuette, par J. Garnier, en bronze ciselé et doré : la Fortune. *Édition de Jullien.* Socle en marbre onyx.

87 — Statuette en bronze doré, par F. Guillot : Séléné. *Édition de E. Jullien.* Socle en marbre rouge.

88 — Statuette en bronze doré : Vénus à la pomme, par Thorwaldsen. Socle en marbre rouge. *Édition E. Jullien.*

89 — Petit groupe en bronze patiné, d'après l'antique : l'Amour et Psyché.

90 — Statuette en bronze patiné : Napoléon debout. Socle en marbre jaune de Sienne.

91 — Statuette en bronze patiné : le Vainqueur.

92 — Statuette de Vénus pudique, assise sur un tronc d'arbre, en bronze. *Édition E. Jullien.* Socle polygonal en marbre rouge.

93 — Petit groupe : les Lutteurs, d'après l'antique. *Édition Barbedienne.*

94 — Amazone à cheval attaquée par un tigre. Bronze.

95 — King Carl en bronze.

96 — Grande statuette de femme nue, sur des nuages. Bronze de H. Fugère.

97 — Groupe en bronze : la Tentation, par Steiner. *Édition Colin.*

98 — Statuette d'amour et de fillette en bronze doré. *Édition E. Jullien.* Socle cannelé en marbre blanc.

99 — Mignon, statuette en bronze, de Eug. Aiselin. *Édition Barbedienne.*

100 — Statuette de saint Georges en bronze doré, de Engrand. *Édition E. Jullien.*

101 — Paire de vases en émail cloisonné, décor de fleurs. Montures en bronze de style chinois, formant lampes.

102 — Paire de vases en bronze chinois à deux anses, et couvercle à chimére.

103 — Vase en bronze chinois, anses têtes d'éléphants, couvercle à chimère.

104 — Cache-pot-jardinière en bronze du Japon.

105 — Paire de vases à col évasé, sur quatre pieds trompes d'éléphants. Bronze japonais.

106 — Savant chinois à califourchon sur un âne. Bronze chinois.

107 — Deux figurines de savants sur des bœufs. Bronze chinois.

108 — Gong.

109 — Trois animaux en bronze.

110 — Lustre en fer forgé, de style indien.

111 — Calice en cuivre émaillé. Travail indien.

112 — Deux vases à pied en cuivre gravé. Travail oriental.

113 — Vase en bronze chinois, forme balustre, à col évasé.

114 — Pagode en bronze.

115 — Éléphant en bronze, supportant une jardinière.

OBJETS VARIÉS

BIJOUX, ARMES, LIVRES

116 à 130 — Bagues, épingles de cravates, montres, etc., en or, enrichis de pierres.

131 — Sous ce numéro, divers objets de vitrine en porcelaine, boites, statuettes, groupes, etc.

132 — Deux jeunes chiens. Étain de *F. Cornil.*

133 — Potence avec gargoulette en étain.

134 — Plat ovale en étain, avec sujet allégorique, de *Anglès.*

135 — Miroir rectangulaire. Cadre avec trois bras-lumières en bronze.

136 — Polichinelle. Terre cuite, de *P. Granet.*

137 — Miniature ronde : Portrait de femme en robe verte décolletée.

138 — Garniture de bureau, comprenant : une paire de flambeaux, essuie-plumes, porte-allumettes, buvard, coupe-papier, plumier.

139 — Deux grandes bouteilles en cuivre gravé. Travail oriental.

140 — Petit coffret en cuivre gravé. Travail oriental.

141 — Grand plat rond en cuivre gravé. Travail oriental.

142 — Paire de vases à piédouche en cuivre gravé. Travail oriental.

143 — Sabre japonais, poignée et fourreau en os gravé.

144 à 154 — Lot d'environ soixante armes orientales : sabres, fusils, kriss, poignards, masses, casque, bouclier, brassards, étriers, éperons, rondaches, etc.

155 — Deux sabres orientaux.

156 — Deux bustes d'Indien et Indienne en terre cuite.

157 — Pièce de monnaie en or.

158 — Huit vitraux : sujets indiens.

159 — Environ 300 volumes reliés, dont : Molière, Boccace, Musset, Corneille, etc.

MEUBLES ET SIÈGES

PIANO

AMEUBLEMENT DE SALON EN TAPISSERIE

160 — Écran en bois sculpté doré, avec feuille en satin brodé à rocailles, festons, guirlandes de fleurs, attributs. Style Régence.

161 — Casier à musique en bois sculpté doré. Dessus de marbre. Style Louis XVI.

162 — Console en bois sculpté doré, entrejambe, à vases. Dessus de marbre. Style Louis XV.

163 — Meuble d'entre-deux à hauteur d'appui en marqueterie de bois de couleurs, décor palmettes, damiers, fleurettes. Il ouvre à une porte décorée d'un sujet peint au vernis : Vénus chez Vulcain. Richement orné de bronzes ciselés dorés. Dessus de marbre. Style Louis XVI.

164 — Jardinière, forme rognon, en bois sculpté doré ; ceinture et entrejambe cannés. Style Louis XVI.

165 — Paire de consoles en bois sculpté peint : pieds carquois. Style Louis XVI.

166 — Table à jeu en marqueterie de bois de couleurs, enrichie de bronzes.

167 — Table de milieu en bois de placage et incrustations de burgau, garnie de bronzes. Style Louis XVI.

168 — Bureau plat en bois sculpté et mouluré, à colonnettes et médaillons, rechampi de dorure.

169 — Bibliothèque en bois sculpté, mouluré, rechampi d'or, ouvrant à deux portes vitrées et une porte pleine.

170 — Table en bois mouluré et sculpté, rechampi d'or ; entrejambe à colonnettes.

171 — Table en bois noir, avec croisillons.

172 — Deux chaises légères en bois noir, recouvertes de lampas.

173 — Lit, armoire à glace, table de nuit, en poirier, de style Louis XVI.

174 — Petite table en bois noir, pieds cannelés.

175 — Table en noyer sculpté, avec entrejambe à colonnettes.

176 — Table de salle à manger à allonges en bois sculpté,

177 — Desserte à étagère, dessus de marbre, en noyer sculpté, arcatures, colonnettes et mascarons.

178 — Buffet en noyer sculpté, à étagères, et partie supérieure centrale formant vitrine.

179 — Seize chaises de salle à manger en bois sculpté et mouluré, recouvertes en cuir.

180 — Buffet en bois sculpté, ouvrant à portes et guichet, il est muni, sur le côté, d'une niche avec fontaine en étain, formée d'un dauphin. Ancien travail suisse.

181 — Horloge-gaine en bois sculpté.

182 — Meuble à étagères en bois de fer sculpté, ouvrant à une porte, ornée d'un personnage tenant un oriflamme. Style chinois.

183 — Toilette en bois noir sculpté, ornée de personnages, fleurs incrustées en ivoire, laque et nacre. Dessus de marbre à deux couvertes. Glace et bras-lumières électriques. Style chinois.

184 — Armoire à glace, forme pagode, en bois noir sculpté, enrichie d'incrustations en laque, nacre, ivoire, figurant des fruits, fleurs, oiseaux. Style chinois.

185 — Toilette-coiffeuse. Analogue au meuble précédent.

186 — Meuble à étagères et formant vitrine en bois de fer sculpté. Style chinois.

187 — Petite table-étagère en bois de fer ajouré, munie de deux tablettes d'entrejambes. Style chinois.

188 — Deux chaises en bois noir sculpté, de style chinois.

189 — Table en bois de fer, avec incrustations de burgau. Travail chinois.

190 — Glace dans un cadre carré en bois sculpté. Travail indien.

191 — Glace dans un cadre rond. Travail analogue.

192 — Pied-support en bois sculpté. Style chinois.

193 — Porte-manteaux en bois sculpté peint blanc et côtés cannés. Style Louis XVI.

194 — Porte-manteaux pour parapluies en noyer sculpté, de style gothique.

195 — Glace, cadre de forme architecturale en bois sculpté.

196 — Chevalet en bois sculpté et ajouré. Travail indien.

197 — Piano de Érard en palissandre.

198 — Un bahut de forme mouvementée, ouvrant à trois portes, en bois sculpté. Travail indien.

199 — Écran en bois sculpté. Travail indien.

200 — Guéridon en bois sculpté. Travail indien.

201 — Ameublement de salon en bois sculpté ajouré, de travail indien, comprenant : un canapé, deux fauteuils, cinq chaises avec coussins.

202 — Tabouret bas en bois sculpté, avec coussin. Travail indien.

203 — Tabouret de piano. Travail analogue.

204 — Tabouret de milieu. Modèle analogue.

205 — Ameublement de salon en tapisserie d'Aubusson moderne, à bouquets de fleurs aux sièges et aux dossiers, sur fond bleu, montés sur des bois sculptés et dorés, de style Régence. Il comprend : un canapé, quatre fauteuils et quatre chaises.

206 — Petite banquette marquise en bois sculpté doré, dossier à colonnettes, recouverte de soie brochée. Style Régence.

207 — Tabouret de piano en bois sculpté et doré. Style Louis XVI.

208 — Petite banquette en bois sculpté, canné, peint en blanc. Style Louis XVI.

209 — Quatre chaises en bois sculpté et tourné, rechampi de dorure, recouvertes de velours marron.

210 — Quatre chaises légères en bois doré, recouvertes de soie à gerbes de fleurs.

211 — Fauteuil de bureau en bois sculpté, recouvert de cuir.

212 — Deux canapés, tendus d'étoffe brochée.

213 — Canapé, deux fauteuils et deux chaises, tendus de velours marron à feuillages.

TENTURES

214 — Deux portières en satin rouge brodé. Travail chinois.

215 — Deux paires de rideaux en damas bleu, et garniture de lit.

216 — Dessus de piano.

217 — Trois paires de rideaux en damas cerise.

218 — Trois lambrequins en tapisserie à guirlandes de fleurs sur fond vert.

219 — Objets non catalogués.

220 — Mobilier courant.

www.ingramcontent.com/pod-product-compliance
Ingram Content Group UK Ltd.
Pitfield, Milton Keynes, MK11 3LW, UK
UKHW020227180726
13838UKWH00005B/2230